藍小說 909

村上春樹作品集

夜之蜘蛛猴

村上春樹著　安西水丸圖　賴明珠譯

ISBN 957-13-2033-1

夜之蜘蛛猴

夜之蜘蛛猴

I

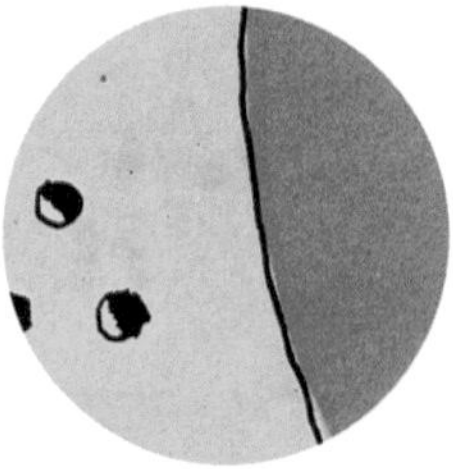

法國號

假定有一種樂器叫做法國號。而且有一些人以吹法國號為專門職業。這以世界的成立方式來說，或許是當然的事也說不定，一開始認眞思考起這種事情時，我的頭腦就像立體迷宮一般地混亂起來。

為什麼非要是法國號不可呢？

為什麼他會開始吹起法國號？而我卻沒有呢？

我認爲某一個人會開始吹起法國號的這種行爲，遠比某一個人會成爲小說家，似乎含有更深奧的謎似的。如果能夠解開這個的話，人生的一切便能豁然明白的那種謎。但那或許終究因爲我是個小說家，而不是一個法國號家的關係吧。如果我是一個法國號家的話，或許某一個人做爲一個小說家的行爲，會顯得更奇妙也不一定。

或許他是在某一天的下午，在深深的森林深處，偶然和法國號相遇的也說不定，我想像。而且在談著人間事或什麼的時候，發現完全意氣投合，於是他就變成一個職業的吹法國號的了。或許法國號對他談起非常法國號式的身家私事也不一定。辛酸的少年時代或複雜的家庭環境、容貌上的自卑感、性方面的煩惱，這一類的事情。

「小提琴或長笛的事我不太清楚。」或許法國號一面用樹枝在地面刮著一面這樣說也不一定。他說「因爲我們哪，一出生就一直是法國號了啊。我們也沒出過國，也沒滑過雪……」之類的。於是就以那天下午爲界線，法國號和法國號家就變成分也分不開的好搭檔了。終於也經歷了類似〈閃舞〉一般少不了的必經辛苦情節，法國號和法國號家現在正手牽著手站在舞台上，演奏著布拉姆斯的鋼琴協奏曲開頭的一節。

坐在音樂廳的椅子上，我忽然想到這種事情上去。然後也想到在別的森林深處，或許正在等著某個人通過也不一定的低音大喇叭。

削鉛筆機（或做為幸運的渡邊昇1）

如果沒有渡邊昇這樣一個人的話，我現在很可能還在使用那個髒兮兮的削鉛筆機吧。因爲託渡邊昇的福，我才能夠得到這樣一個閃閃發亮的全新削鉛筆機。這樣的幸運並不是這麼輕易可得的。

渡邊昇一走進廚房，眼睛立刻就盯上我桌上放著的那個舊削鉛筆機。我那一天爲了轉換氣氛而改在廚房的桌上工作。因此便把削鉛筆機放在醬油瓶和鹽瓶之間。

渡邊昇一面修理著流理台的排水管——他是專門修理和水管有關東西的人——一面不時往桌上斜眼瞄一下。但那時候因爲我還不知道他是個狂熱的削鉛筆機收藏家，因此他到底對什麼感興趣而頻頻將銳利的視線猛往桌上掃呢？我還搞不清楚。因爲桌上雜然散亂著各種東西。

「嘿，先生，那個削鉛筆機眞不錯啊！」水管修理完之後，渡邊昇說。

「這個？」我吃了一驚，手拿起桌上的削鉛筆機。那是我自從中學時代就一直用到現在的極普通的手搖式削鉛筆機，比起其他東西來簡直沒有任何一點特別的地方。金屬部分已經相當生鏽，最頂上還貼著什麼原子小金鋼的貼紙。總之是又舊又髒了。

「那個啊，是1963年型叫做MAX-PSD的，相當珍貴的東西喲。」渡邊昇說。「刃的咬合法和其他型式的東西有一點不一樣。所以削出來的木屑形狀也微妙地不一樣噢。」

「哦？」我說。

就這樣我得到了新出品的最新式削鉛筆機，渡邊昇則得到了1963年型MAX-PSD（附原子小金鋼貼紙）。渡邊昇到什麼地方，皮包裏都經常裝著交換用的新出品削鉛筆機。雖然好像有點重複，不過我要說的是，這種幸運在人生之中並不是那麼常有的。

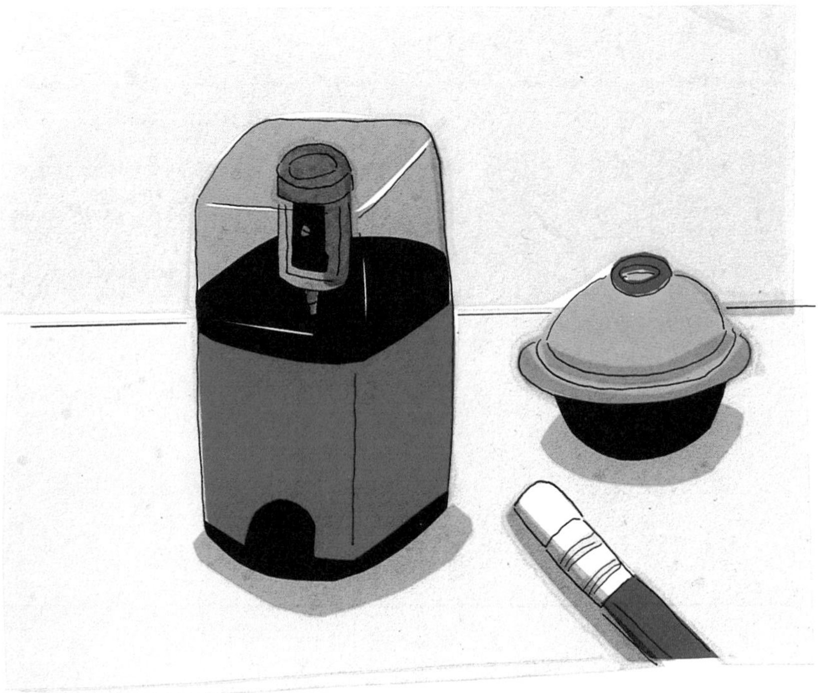

胡立歐・依格雷西亞斯 (Julio Iglesias)

自從蚊香被耍詐騙走之後，我們已經再也沒有任何一種防備海龜襲擊的東西了。雖然也試著打電話或寄信要郵購公司寄新的蚊香來，但正如預料中的電話線被切斷，郵件則從半個月以前就中斷了。試著想一想，那狡猾的海龜是不會這麼輕易容許我們這樣做的。那傢伙到目前爲止因爲我們有蚊香而吃盡了不少苦頭。現在，想必是在藍藍的海底下一面得意洋洋地開懷竊笑，一面爲了夜晚出擊而正準備睡個午覺吧。

「我們已經完了噢。」她說。「到晚上，我們兩個就要被海龜吃掉了。」

「不可以放棄希望。」我說。「只要我們能動動腦筋，就絕對不會輸給海龜的。」

「可是蚊香已經一根也不剩地被海龜偷光了啊。」

「我們要努力做原理性的思考。如果海龜不喜歡蚊香的話，這傢伙一定應該還有什麼其他不喜歡的東西。」

「例如什麼？」

「胡立歐・依格雷西亞斯。」我說。

「爲什麼是胡立歐・依格雷西亞斯呢？」她問。

「不知道，只是現在腦子忽然浮現。就像第六感一樣的東西呀。」

我隨著第六感的引導，在音響組合的轉盤上設定好胡立歐・依格雷西亞斯的〈Begin the Beguine〉，等著太陽下山。只要天黑之後，海龜應該一定會來襲擊的。那時候一切便將分曉。看是我們會被吃掉，或是海龜會哭。

接近午夜，門口附近傳來嗶呷嗶呷濕濕的腳步聲時，我們立刻毫不遲疑地把唱針放落唱盤上。胡立歐・依格雷西亞斯開始以沙糖水般的聲音唱起〈Begin the Beguine〉時，那腳步聲便馬上停止了，代替的是聽得見海龜痛苦的呻吟聲。

對，我們戰勝了海龜。

那一夜，胡立歐・依格雷西亞斯唱了一二六次〈Begin the Beguine〉。雖然我也可以算是討厭胡立歐・依格雷西亞斯的，不過幸虧還沒有海龜那麼嚴重。

時光機器（或幸運的渡邊昇之2）

有敲門聲。

我把剝到一半的橘子皮放在電暖爐矮桌上，走出去一看，渡邊昇（水管修理工人兼削鉛筆機收藏家）就站在那裏。

因爲已經是傍晚的六點半了，因此渡邊昇說道「晚安」。

「晚安。」我也莫名其妙糊裏糊塗地說道。「可是，我不記得有託你施工啊。」

「嗯，這個我知道。今天是有一點事情想請您幫忙，所以才來拜訪的。其實是這樣的，我聽說府上有一個舊型的時光機器，如果可以的話，能不能跟我換新型的呢……，我這樣想。」

時光機器，我吃了一驚在腦子裏複誦著，但那驚奇並沒有露在臉上。「有啊。」我若無其事地這樣說。「你要看嗎？」「嗯，如果方便的話。」

我帶著渡邊昇到我四疊半的榻榻米房間去，讓他看橘子皮還擺在上面的電暖爐矮桌。並且說道：「看吧，時光機器。」幽默感我倒也是有一點的。

但渡邊昇卻沒有笑。他掀起電暖爐矮桌的棉被，一本正經地扭轉著調節鈕，檢查著格度，分別拉一拉四根桌子腳。

「先生，這個啊，可是逸品哪。」他嘆一口氣說。「不得了。這是昭和四十六年型國際牌的『暖烘烘』噢，先生靠這個一定得到過許多美好的回憶吧？」

「嗯，是啊。」我隨便說道。雖然有一根桌腳搖搖晃晃的，不過暖和倒是挺暖和的。

因爲渡邊昇提出說能不能跟他交換新品的時光機器，於是我回答「好啊」。渡邊昇走出外面，從停在我家前面的Light-S貨車上拿出還裝在箱子裏的新品電暖爐矮桌，把那搬進我房間，並交換地把國際牌的『暖烘烘』（或時光機器）抱著帶走。

「每次都很不好意思。」渡邊昇說著從駕駛席揮揮手。我也揮揮手。然後我回到房間，繼續吃橘子。

JHON HANCOCK TOWER
BOSTON. MASS

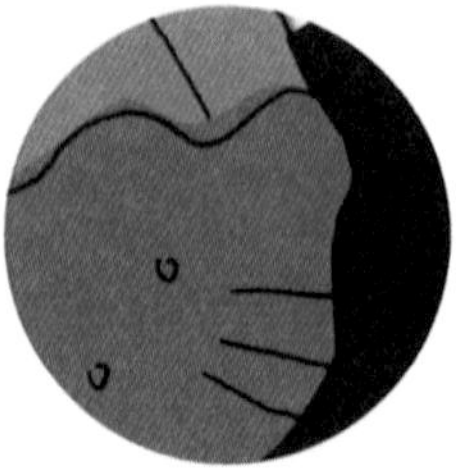

炸薯餅

我在家裏正在工作時，一個女孩子來到我家。穿著綠色羊毛大衣的十八、九歲漂亮女孩子。她在門口磨磨蹭蹭地捏弄著手提包的金屬絆扣。

「嗯，我是來送歲暮禮物的。」那女孩子細聲說。

「啊，需要印章是嗎？」我說。

「不是啦。我自己就是歲暮禮物啊。」

「妳說什麼?我不太明白。」

「嗯，那個，也就是說，你可以喜歡我。因爲就要過年了啊。是K公司歲暮送禮的負責人叫我到這裏來的。」

「哦?」我哼了一聲。提到K公司，那是我曾經在工作上接觸過幾次的大出版社，這麼一說我想起喝醉酒時，他們問過我「過年想要什麼禮物啊?」而我則回答過「女孩子」。但那當然是開玩笑說的，而且做夢也沒想過一流大出版社眞的會做出這種事來。

「很抱歉，我現在非常忙。因爲有明天截稿的工作要趕，實在沒有那個心情做愛。而且最近正好已經一次做個夠了。要是早知道今天有人會來，我就保留起來了。」

我這麼一說女孩子竟然唏嘶唏嘶地開始哭了起來。

「我眞差勁，連個歲暮禮物都當不成。我這個人眞是一無是處，什麼都不行。終於連駕駛執照都考不上。」

「別難過，別難過。」我說。

但因爲女孩子一直不停地在大門口唏嘶唏嘶地哭個沒完，而且我也擔心在鄰居前面丟人現眼，於是沒辦法，只好請她進來，端出咖啡給她喝。

「如果做愛不行的話，其他有什麼我可以效勞的嗎？上面的人叫我總之要好好服務滿兩個小時。我會唱卡拉OK。要是沙珊的〈懷念的惠理〉我也唱得很好噢。」

「不用唱什麼歌。」我連忙阻止。這樣一來可會妨礙我工作的。

「那我做炸薯餅好嗎？我非常會做炸薯餅噢。」

「好啊。」我說。說起來炸薯餅我倒也非常喜歡吃。

撲克牌

胡立歐・依格雷西亞斯的唱片磨損之後，我們就再也沒有一樣可以防禦海龜攻擊的任何東西了。我們由於每天夜晚都播放著胡立歐・依格雷西亞斯的〈Begin the Beguine〉而好不容易勉強把海龜給遠遠阻擋在我家周圍之外。

「我們已經完了噢。」她說。「蚊香和胡立歐的唱片都沒有了啊。」

「不，一定應該還有什麼別的好辦法的。」我說。

「威利尼爾遜或阿巴或理查克萊德曼怎麼樣？」

「大概不行了吧。海龜只有胡立歐才有效。」這個我知道。

我一個人走到海岸邊，從突起的岩石上試著探視海裏面。海龜就像平常那樣蹲在海底不動地睡著午覺。正在爲夜晚的出擊而儲備力量。但不管從上面怎麼眺望海龜的姿態，我都想不起新的海龜擊退法。因爲疲倦的關係，想像力這東西完全動不了。

這次我們眞的要完了嗎？我想。但被海龜吃掉就此結束一生，也未免太悲慘了吧。要是讓母親聽到了，她會怎麼想呢？唯一的獨生子竟然這麼不幸地被海龜吃掉而結束了一生？

我們已經覺悟了，吃過最後的晚餐，正悠哉遊哉地喝著茶時，海龜來了。唏噠唏噠的腳步聲逐漸接近，然後在我們家周圍慢慢繞了一圈。

「已經完了噢！」她握住我的手。

「看開了吧。雖然短暫卻是快樂的一生啊。」我說。

門發出吱的一聲，海龜探頭進來，確認屋裏既沒有蚊香，也沒有播胡立歐·依格雷西亞斯。海龜手裏緊緊握著一組撲克牌。

撲克牌？

從此以後我們三個人每天晚上都玩「51」點。雖然並不特別好玩，但總比被吃掉好多了，而且我們其實也不是爲了喜歡而每天聽著胡立歐·依格雷西亞斯的。

報紙

自從聽說地下鐵銀座線有大猿猴猖獗之後，已經過了幾個月了。我聽朋友們談起過幾次這種經驗，也曾經實際親眼看見過。

但大猿猴們如此猖狂凶猛的模樣，卻沒看見報紙記載過，也沒見到警察出動調查的跡象。如果這是報紙和警察把大猿猴的咒語當做「不足以取締」來想的話，那我就要讓他們猛烈反省了。雖然確實大猿猴們的活動範圍，現在還只限於地下鐵銀座線的車輛而已，但既不能保證牠們今後不會擴大到丸之內線、半藏門線去，而且到那時候才想採取什麼手段也會太遲了。

我所目擊的，是比較無害級的〈大猿之咒〉。二月十五日，也就是情人節的第二天。我從表參道搭上銀座線往虎之門去。我旁邊有一個看來大約四十出頭，穿著良好的上班族，正熱心地讀著《每日新聞》的早報。他正在讀的是一篇「美元貶值是否會引起美國經濟通貨膨脹？」的報導。我則偷偷斜眼瞄一瞄那下方名叫『減肥五公斤改變一生』的新書廣告。

列車開到赤坂見附的附近時，就像平常那樣車內電燈熄了，下一個瞬間又再度亮起來。但我再一次望望旁邊的《每日新聞》時，那裏確實起了變化。報紙上下顛倒了。

「美元貶值是否會引起美國經濟通貨膨脹?」

『減肥五公斤改變一生。』

「要命，又是大猿猴搞的鬼吧!」上班族對我說。

「眞不知道政府在做什麼?」

「是啊。」我也說。

這種事情如果永遠繼續下去的話，眞是傷腦筋。

XTRA

甜甜圈化

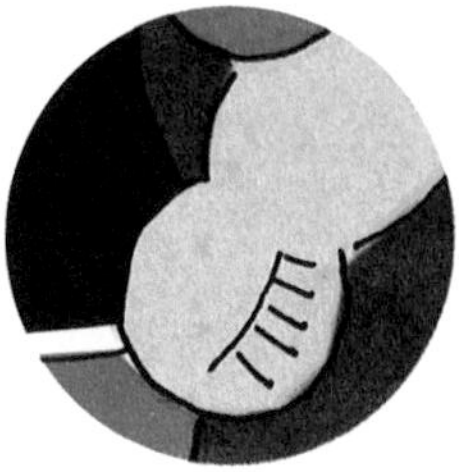

當交往了三年並約好要結婚的對象，卻甜甜圈化了之後，我們之間的感情逐漸開始有了磨擦的那個時分——到底有什麼地方的誰，會和甜甜圈化的戀人相處和諧呢？——我每天晚上到酒吧喝得爛醉，變得像《碧血金沙》裏的亨佛萊鮑嘉那樣消瘦憔悴。

「大哥，拜託你別再想她了。這樣下去身體會搞壞的啊！」妹妹這樣忠告我。「大哥的心情我很瞭解，不過甜甜圈化了的人，是不能復原的。你必須清楚地做個了斷才行噢。不是麼？」

確實她說的沒錯。就像妹妹說的那樣，一旦甜甜圈化了的人，會永遠維持甜甜圈化的狀態。

我打電話給戀人說再見。「雖然跟妳分開很難過，但終究是這樣的命啊。我一輩子都不會忘記妳喲……等等。」

「你還不知道嗎？」甜甜圈化了的戀人說。「我們人類存在的中心是虛無的噢。什麼也沒有，是零噢。你爲什麼不好好確實看清楚呢？爲什麼眼睛老是只在周圍的部分打轉呢？」

爲什麼？想問這問題的可是我啊。爲什麼甜甜圈化了的人，都只能那麼偏狹地去想事情呢？

不過總而言之，就那樣，我跟戀人分開了。那是從現在算起兩年前的事了。而且去年春天，這次是我妹妹沒有任何前兆地也變甜甜圈化了。她才剛從上智大學畢業，開始在日本航空公司上班之後，在出差地札幌的大飯店門廳突然變甜甜圈化了。母親躲在家裏，每天每天從早到晚都哭著過日子。

我偶爾打電話給妹妹試著問她「妳還好嗎？」

「大哥你還不懂嗎？」甜甜圈化了的妹妹說。「我們人類存在的中心是……」

Antithese（對比）

去年九月，到婆羅洲採集 Antithese 然後就那樣斷了消息的伯父，終於寫了一張明信片來。圖片是那高架式特色住宅和椰子樹，這種到處可見的畫面。但光以動筆不勤快聞名的伯父，居然會寫信來這件事來說，已經是很不簡單的了。

「非常遺憾，如今當地能夠稱得上大東西的 Antithese

似乎已經消聲匿跡了。」伯父寫道。字體顫抖著，大概因爲是在獨木舟上寫的關係吧。

「據原住民說，八公尺級的Antithese已經有好幾年沒見到了。小生上個月所採到的，是全長五公尺二五，顯然屬於中型的東西。不過雖然如此以他們來說，已經可以稱得上是『奇蹟』了。眞要命。關於Antithese的減少，據說火山灰變少了也是原因之一，而地熱的變化也有關係。不過正確原因還不清楚。依這情況看來，到六月爲止，我應該可以回到日本吧。」

我房間裏擺飾著一張由原住民挑著一隻十二公尺半的Antithese，而伯父則在那前面擺姿勢拍的一張舊相片。伯父發現那超大東西是在一九六六年的事，那是一九六〇年代所捕獲的採集物中，正式被記錄最大的Antithese。以當時伯父的Antithese採集來說，也算是收穫最豐富的巔峰時期，從相片上就可以歷歷清楚地感覺出那昂揚的氣魄來。對 Antithese 的採集來說，那可以稱爲「大航海時代」的幸福時代。

我們在法國餐廳想要看到鮮美光滑的 Antithese，已經像是想用網球拍捕捉天上掉下來的隕石一般困難了。當然現在偶爾也會在菜單上出現，不過那幾乎全是印度產的，粗粗糙糙沒什麼味道的小 Antithese，而且絕對一定都是冷凍的了。我想如果讓我的伯父看到那樣的菜單的話，他一定會唏哩嘩啦一把撕掉。因爲「Antithese 非大不可」是他的口頭禪。

鰻魚

笠原May打電話到我家來時是凌晨三點半，當時不用說我正熟睡中。我正蒙頭鑽在天鵝絨般軟綿綿、暖烘烘的睡眠之泥中，和鰻魚啦、長統膠靴啦鑽在一起，正在貪食著即使是湊合的卻也還算有效的幸福果實。就在這時候，電話打來了。

鈴鈴、鈴鈴。

首先果實消失了，然後鰻魚和長統膠靴消失了，最後泥消失了，終於只剩下我一個人。只剩下三十七歲、喝醉酒、又不太被人家喜歡的我而已。到底什麼地方的誰，有權利把鰻魚和長統膠靴從我身邊奪走呢？

鈴鈴、鈴鈴。

「喂喂。」笠原 May 說。「喂喂。」

「嗨，喂喂。」我回答。

「嗯，是我，笠原 May 啦。晚上這麼晚眞抱歉。不過螞蟻又出來了噢。在廚房旁邊的柱子築巢呢。就是從浴室被趕出去的那些傢伙啊，今天晚上又把窩搬到這邊來了。對呀，全部搬過來了。連那些胖嘟嘟的白色小螞蟻都搬來了噢。眞受不了，所以呀，你再帶那個噴霧劑過來嘛。雖然這麼晚了，不好意思，可是我眞的最討厭螞蟻了。噢！明白嗎？」

我在黑暗中猛搖頭。笠原 May 是誰呀？把鰻魚從我腦子裏奪走的笠原 May 到底是什麼人呢？

我試著衝著笠原 May 發出這個疑問。

「唉呀，對不起，我好像搞錯了。」笠原 May 好像眞的很抱歉似地說。「我，眞是被螞蟻搞昏頭了。因爲螞蟻成羣結隊的大搬家啊。對不起噢。」

笠原 May 先掛斷電話，我也隨後放下聽筒。世界上有某個地方螞蟻正在搬家，笠原 May 正在向誰求救。

我嘆一口氣，蓋上棉被，閉上眼睛，再度往睡眠的泥中去，尋找那些友好的鰻魚們的蹤影。

BAR
DRY I AM
うなぎ

高山典子小姐和我的性慾

到目前爲止的人生過程裏，雖然我也曾經和許多女孩子並肩走過，不過從來沒有遇到比高山典子小姐（25歲）走路速度更快的女孩子。她好像在說「我才剛剛上過機油啊」似的，舒服地前後搖擺著雙臂，一副很開心似地踩著大步走在路上。從稍微離開一段距離的地方看她時，走著的她，就像是長了透明翅膀飛快滑走水面的豉蟲一般。暢快、圓滑，彷彿剛剛雨過天青的陽光一般幸福的樣子。

第一次跟她兩個人並排走的時候（我們從千駄谷小學前面一起走到青山一丁目），我為那超人的速度而驚倒，甚至想到，這個人是不是覺得跟我在一起很煩，因此為了早一刻甩掉我，而用那麼異樣的速度走呢？或者以為以那樣猛烈的速度走，可以多少減退我的性慾呢？（其實因為我對高山典子小姐並不抱有性慾，因此無法判斷那是否有效。）

她的走路快速，並沒有其他用意，我知道她之所以像飛一般快速地走路，單純只為了喜歡這樣做而已，是在那幾個月之後的事了。我在初冬的四谷車站前，發現她一個人走在擁擠的人潮裏的身影，但那時候的她，也正以那可以說是不近情理的驚人速度，在這為了方便而以東京為名的地表，從某個地方往某個地方移動著。右手緊緊揪著肩背皮包的帶子，風衣裙襬被風撩起，筆直地挺著背脊，她走著。

我跨出五、六步，往那邊靠近，正想要對她開口招呼時，她已經又走得老遠了，我以《豔陽天》最後一幕的羅沙諾‧布萊辛一般笨拙的模樣，一個人被留在四谷車站前。不過知道了高山典子小姐並沒有誤會我的性慾，我感到非常高興。

章魚

渡邊昇寄了一張畫有章魚的明信片給我。章魚畫的下面，以他慣常的歪七扭八的字體，寫著這樣的句子。

「聽說小女前幾天在地下鐵裏受到您的照顧，非常感謝。什麼時候我們一起去吃章魚吧。」

我讀了這個大吃一驚。因爲我最近有一段時間出去旅行，算算也有兩個月沒搭地下鐵了，而且我完全不記得曾

經在地下鐵裏照顧過渡邊昇女兒的事。首先我連他有個女兒的事都不知道。大概是把我和其他什麼人搞錯了吧？

不過吃章魚倒是不壞的事。

我寫了一封信給渡邊昇。我在明信片上畫了鶇的畫，那下面寫道，「日前收到你的明信片，謝謝。章魚不壞呀。我們一起去吃吧。月底左右請聯絡。」

但等了整整一個月，渡邊昇還沒聯絡。我想他大概又像平常那樣忘記了吧。我在那一個月，特別想吃章魚，但心想反正要和渡邊昇一起去吃，於是等著等著之間，終於沒有吃成。

當我快要把章魚的事和渡邊昇的事給忘掉的時候，他卻又寄明信片來了。這次的明信片則畫了翻車魚。並在那下面寫了文章。

「前幾天的章魚好好吃啊。小生也好久沒吃到這麼像章魚的章魚了。不過對於當天您所陳述的想法，我有些微異議。以身爲擁有妙齡女兒的父母，小生對您性的價值觀實在無法苟同。近日再找個機會一面吃火鍋，一面慢慢聊聊吧。」

眞要命，我嘆了一口氣。渡邊昇又把我和什麼人給搞錯了。

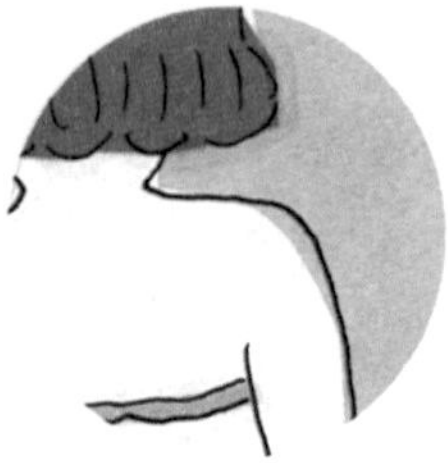

蟲窪老人的襲擊

「我是蟲窪老人。」蟲窪老人說著乾咳一聲。

「是的，我久仰大名了。」我回答。這一帶的居民沒有不知道蟲窪老人的。

「事出突然，不過今天我想跟你談一談有關年輕女孩的處女性。」

「等一下，請等一下。我正在準備做晚飯。如果要談那話題的話，改天再……」我連忙想阻止對方，但蟲窪老人早已明察秋毫，立刻就把他的半邊身體擠進門中央。「不會佔用你太多時間的，而且你也可以在那邊一面做菜呀。你一面做菜，我也可以談的。」

眞是拿他沒辦法，我一面這樣想著，一面用菜刀咔咔嚓嚓地切著蒜頭和茄子。偏偏就從後門進來，他還眞會盤算。蟲窪老人平常已經相當迷糊了，這種時候頭腦倒是轉得極端的快。

「你在做什麼菜呀？」蟲窪老人似乎興趣濃厚地問我。

「嗯，茄子蒜頭口味的意大利麵，和扁豆沙拉啊。」

「那就是你的晚餐嗎？」

「是啊。」我回答。我晚餐要吃什麼，別人管不著。如果想吃扁豆的話就吃扁豆，如果想吃南瓜的話就吃南瓜。就像年輕女孩的處女性一樣，沒有義務聽蟲窪老人囉嗦什麼。我實在很想衝口這樣說出來的，不過如果被蟲窪老人憎恨的話，又不知道他會向鄰居們散布什麼話，因此我只好忍耐著一直保持沉默。總之蟲窪老人只要說出自己想說的話就會回去的。

到我吃完意大利麵和沙拉，把盤子洗完爲止，蟲窪老人毫不休息繼續在門口滔滔不絕地講著處女性的重要性。聲音非常大，老人回去之後，我的耳朵還轟轟作響，眞是災情慘重。但我忽然想到，這麼說來，所謂處女最近好像已經明顯地看不見了啊。

螺絲鉗

眞由美第一次把人家鎖骨敲碎的年輕男孩子，是開裝有擾流器(spoiler)的白色Nissan Skyline。對方的名字不清楚。星期天早晨她在住家附近散步時，人家邀她說「要不要一起去兜風？」於是她就迷迷糊糊地上了車，但在江之島附近卻幾乎快被勉強帶進汽車旅館了，這才順手拿起身旁的螺絲鉗往對方肩上使勁敲下去。於是發出喀吱一聲，鎖骨便折斷了。

她把那個唉唉叫的男的留在後面不管，自己就跳出車子，跑到附近小田急線的車站去，並且在自動販賣機前正準備要買車票，這時候才開始發現自己右手上居然還緊緊握著那個大型的螺絲鉗。周圍的人都以一副訝異的眼神目不轉睛地盯著她和那螺絲鉗看。那是當然的囉。如果年輕美麗的女孩手上握緊螺絲鉗要搭電車，誰都會想道「這是什麼啊？」

她裝作若無其事地把螺絲鉗收進肩帶皮包，搭電車回家去。

「從此以後我一直把這螺絲鉗子放在皮包裏隨身帶著走。」她說。「當然參加宴會或這一類的場合就不帶。」

「哦？」我裝成不當一回事般說。「那，在那次之後還有機會用到嗎？」

「嗯。」她一面對著後視鏡補口紅一面回答。「大概有兩次吧。一次是Fairlady，一次是Silvia。嘿，怎麼老是日產的車呢？」

「每個都是鎖骨嗎？」

「是啊，鎖骨最容易瞄準。而且沒有生命危險。」

「哦？」說著我又在心裏面嘀咕著。鎖骨被敲碎想必一定非常痛吧。光是想到，背就涼了半截。

「不過啊。」她啪吱一聲把化粧盒蓋上說。「世界上就是有人活該被敲碎鎖骨的。」

「這個嘛，倒也是吧。」我回答道。

這個嘛，倒也是吧。

甜甜圈續

上智大學所謂甜甜圈研究會——最近的大學生眞會想出各種名堂啊——打電話來說，他們想談一談有關甜甜圈的生存之道，問我要不要去參加研討會。好啊，我回答。我對甜甜圈，自認擁有一家之言，無論知識、見識、鑑賞眼光，各方面都還不至於輸給那一般大學生。

上智大學甜甜圈研究會•秋之集會，包租了HOTEL

NEW OTANI的大廳舉行。有樂隊演奏，和甜甜圈配對遊戲，在提供代替晚餐的點心之後，並在鄰室召開研討會。除了我之外，還有著名文化人類學家、料理評論家等出席。

「如果說甜甜圈在現代文學上能夠擁有力量，那是對意識下的領域，做身分認知的某種個人性收束力，給與直接承認所不可或缺的要素……」我說。謝禮是五萬圓。

我把那五萬圓塞進口袋裏，轉移到飯店的酒吧去，和在做甜甜圈配對遊戲時認識的法文系女大學生兩個人喝著伏特加 tonic。

「結果你的小說，不管好壞，都是甜甜圈式的噢。福妻貝大概一次也沒想到過甜甜圈的事吧。」

是啊，福妻貝大概一次也沒想到過甜甜圈的事吧。不過現在是二十世紀，即將變成二十一世紀了。這個時候還把福妻貝抬出來也很傷腦筋。

「甜甜圈就是我。」我模仿福婁貝說。

「你這個人還眞有意思啊。」說著大學女生咯咯咯咯地笑了。不是我自豪，不過讓法文系女孩子笑，我倒是相當有心得的。

TWA
TWA

II

夜之蜘蛛猴

半夜二時，我正在書桌寫東西時，蜘蛛猴像要把窗戶撬開似地進來了。

「唉呀，你是誰？」我問。

「唉呀，你是誰？」蜘蛛猴說。

「你不可以模仿人家。」我說。

「你不可以模仿人家。」蜘蛛猴說。

「你不可以模仿人家啊。」我也模仿著說。

「你不可以模仿人家啊。」蜘蛛猴也以片假名模仿著說。

搞得眞麻煩了，我想。被模仿狂夜之蜘蛛猴逮到的話可就沒完沒了。我必須想辦法把這傢伙趕出去才行。我還有工作無論如何都必須在明天早上之前完成呢。這種事不能永遠繼續下去。

「黑寶黑黑漆漆麻烏漫畫托提木呀、苦力呢卡馬斯托氣密哈克魯、帕克帕克。」我快速地說。

「黑寶黑黑漆漆麻烏漫畫托提木呀、苦力呢卡馬斯托氣密哈克魯、帕克帕克。」蜘蛛猴說。

話雖這麼說，因爲我也是信口胡謅的，因此無法判斷蜘蛛猴是否正確模仿了。純粹是無意義的行爲。

「少來了。」我說。

「小來了。」蜘蛛猴說。

「不對呀，我現在是用平假名說的。」

「不對呀，我現在是用平假名做的。」

「字不對嘛。」

「時不對嘛。」

我嘆了一口氣。說什麼也跟蜘蛛猴說不通。我決定什麼也不說地默默繼續工作。但我一按文字處理機的鍵盤，蜘蛛猴便默默地按複寫鍵。碰。但我一按文字處理機的鍵盤，蜘蛛猴便默默地按複寫鍵。碰。少來了。少來了。

RED SOX
1964

爲老早以前國分寺一家爵士喫茶店做的廣告

聲明在先，這裏不是男女老幼都能輕鬆進來的那種店。尤其夏天會有一點問題。冷氣設備不太有效。並不是完全無效，出風口一帶還相當冷，但稍微離開一點，冷風就不太吹得到了。或許機械有什麼結構上的問題也不一定。要是能換新的就好了，但卻有沒辦法輕易換新的緣故。

這家餐廳有播放音樂。如果你不是爵士迷的話，或許會覺得這音量相當不愉快。但相反的，如果你是狂熱的爵士迷的話，這音量可能又嫌不夠了。不管你是屬於那一種部類，都請不要怪罪店老闆。這是一個所謂「誰都不能滿足所有的人」的好例子。John Coltrane 的唱片不太有放。相反的 Stan Getz 的唱片卻有很多。Keith Jarrett 的唱片沒有。而 Claude Williamson 的唱片則全套都齊全。這一點請不要責怪店老闆。事情本來就是這樣嘛。

每週有一次現場表演。年輕的音樂家們，爲了很少的錢而拼命演奏。鋼琴是便宜的掀蓋型，音調也有些狂亂。演奏的質高低不齊，但一律是精力充沛，音量總是很大，因此若要當做情人們談話的背景音樂，恐怕不合適。

店老闆雖然算不上沉默寡言，但也不太多話。或許只是不太擅長說話而已。有空的時候就坐在櫃台裏讀書。說眞的，他在四年後忽然由於某種契機而寫起小說，還得到文藝雜誌的新人獎，不過這種事情誰都還不知道。連他本人也不知道。他想自己大概會一輩子當個國分寺爵士喫茶店的老闆，每天一面聽聽自己喜歡的音樂，一面安靜地度過餘生吧。世上的事情眞難預料。

不過，總之現在是下午兩點半，正播放著London House的Billy Taylor。這個嘛，也不是什麼了不起的演奏。不過店老闆還滿喜歡的。這點也請不要太責怪他。

BACK WI
MORE HIT

在馬賣票的世界裏

五月七日（星期五）

我試著問爸爸說「爸爸，人死了以後會到什麼地方去呢？」。因爲我從以前就一直在意著這件事。爸爸想了一下之後說：「人死了之後啊，就到馬賣票的世界去，從馬那裏買了票，然後搭上電車，吃便當啊。便當裏有魚板、有海帶捲、有高麗菜絲噢。」對這個我試著想了一會兒。但我不明白爲什麼死了以後還非要吃魚板、海帶捲不可呢？因爲去年奶奶死掉的時候，我們都叫了最上等的壽司吃啊。那爲什麼死掉的人卻只能吃魚板、海帶捲、和高麗菜絲呢？我覺得這樣好像不太公平嘛。我這樣說之後，爸爸就說：「人死了之後，不知道爲什麼就是會想吃魚板、海帶捲、和高麗菜噢。事情就是這樣的。」

「然後又會怎樣呢？吃完便當之後？」我再試著問。

「電車到達終點站之後，你就要在那裏下車啊。然後從別的馬那裏買別的車票，再搭別的電車啊。」爸爸說。

「然後又要再吃魚板、海帶捲、和高麗菜的便當吧？」

我忍不住地喊叫出來。因爲我已經看都不想再看到什麼魚板、海帶捲、和高麗菜了。因此我向爸爸作了個鬼臉說：「眞怪，我才不要吃那種東西呢。」

於是爸爸一直瞪著我看。那已經不是爸爸了，是馬。

那個爸爸馬手上拿著車票。「嘻嘻嘻嘻，不可以耍性子。你要從我這裏買這張車票去搭電車，永遠永遠永遠吃魚板、海帶捲、高麗菜絲噢，嘻嘻嘻嘻。」

我好害怕好害怕，就哇哇地哭出來了。過一會兒，爸爸又從馬變回來恢復成爸爸。「好了別哭了，現在我們兩個人到麥當勞去吃漢堡吧。」爸爸以溫和的聲音說。於是我才好不容易停止再哭。

曼谷驚奇

「喂喂，是５７２１之１２５１嗎？」女人的聲音說。

「是的，是５７２１之１２５１。」

「對不起，突然打電話來，其實，我剛才在打５７２１之１２５２。」

「哦？」我說。

「我從早上已經大概打了有三十次左右了。但沒人接。嗯，大概出去旅行了也說不定噢。」

「那麼怎麼樣？」我試著問。

「那麼我想，可以說是鄰居吧，所以何不試著打打看5721之1251呢？」

「噢。」

女人輕輕乾咳一聲。「我昨天晚上剛從曼谷回來哟。在曼谷遇到非非非……常不得了的事情噢。超級難以相信的事情。非非非非……常不得了的事。所以本來預定在那邊待一星期的，結果縮短爲三天就回來了。因此，我想講那件事而一直撥1252。如果不跟誰講的話，一定會睡不著覺的，可也不是對誰都能講的話。因此我想到搞不好1251的人會聽我說也不一定啊。」

「原來如此。」

「不過，其實我以爲大概會是女的來接電話的。因爲我想這種事情可能對女人會比較容易說出口吧。」

「那眞抱歉了。」我說。

「請問你，幾歲？」

「上個月剛滿三十七。」

「嗯，三十七呀？好像再年輕一點會比較好，對不起噢，我這樣說。」

「不，沒什麼關係。」

「對不起。」她說。「我決定試打5721之1253看看。再見。」

就這樣，曼谷到底發生了什麼事情，我終於到最後都沒有能夠知道。

Nutmeg
Paprika
Cinnamon

啤酒

拜收小姐的本名叫做鳥山恭子小姐，但因爲她每次從筆者領取稿子時，一定都像拜拜一樣深深鞠躬說道「謝謝您。原稿我就拜收了。」所以編輯部的人都叫她做拜收小姐。鳥山小姐二十六歲，是一位氣質相當好的美人，還是單身。東京學藝大學國文系畢業，入社會大概有四年左右了。胸部大大的，喜歡穿寬褶裙。有時候由於穿的衣服不同，當她深深低頭時，就能稍微看到胸部的隆起，作家們被鳥山小姐邀稿時，總會不由自主地答應下來。總編輯對她很有好感。「那就叫做家教、教養啊。現在的大學畢業女生，那裏去找像這樣能正確使用敬語的？那裏有能操那樣高尚用語的？」

不過我倒知道拜收小姐的一個小祕密。有一次星期天早晨十點鐘，我曾經打過電話到拜收小姐家。雖然是休假日的早晨我覺得很不好意思，但因爲和截稿有關係，我不得不儘早確認。電話是她媽媽接的。拜收小姐和她媽媽兩個人住在小金井。我對她媽媽說「對不起，放假日這麼早打電話打攪您，因爲工作上有一點急事，能不能請恭子小姐聽一下電話。」我恭敬地說。

「請稍等一下。我這就去叫恭子來。」她母親也恭敬地說。

但過一會兒之後，我就聽見拜收小姐的，那跟平常大不相同的高聲怪調。那如果要勉強打比方的話，就像側腹部的皮被削掉，又在那上面被塗上醃鹹魚的海獺所發出的聲音似的。不過那確實是拜收小姐的聲音。「少——囉嗦——啦——啊——啊。什麼——嘛——啊？真是的！星期天一大早的！星期天至少讓人家好好睡一覺嘛——啊，眞是的！什麼電話？唉唉——咿喲——噢！反正是孝雄吧。我先去一下廁所噢，對呀，廁所。那種傢伙讓他等一下好了，昨天晚上喝太多啤酒了，肚子好脹噢……？不是孝雄啊？噎……噎，這下危險了……不太妙啊。那邊聽得一淸二楚吧？這個。」

當然我立刻就那樣掛斷了電話。感謝天，幸虧我沒報出這邊的名字。

拜收小姐現在依然畢恭畢敬地鞠躬行禮拜收稿子。甚

至還有人說，她有貴族血統呢。那種時候我就假裝沒聽見的樣子，只是一直沉默著。

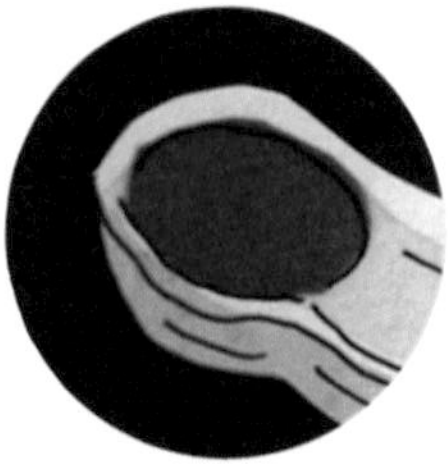

諺語

猴子啊。怎麼說有過猴子呢。不是說謊啊，眞的有猴子在樹上噢。我也是嚇了一跳啊。怎麼眞的有嗎我想，結果眞的就有猴子啊。哇這傢伙是猴子耶，就這樣子噢。結果啊，牠一直盯著我看呢。是猴子啊，我想。然後噢，那隻猴子啊，掉下來了噢。你說從哪裏呀，就從那樹上啊。猴子腳一打滑，就從樹上嘩啦一聲掉落下來了。哎呀呀我想，我目不轉睛地看呆了。因爲眞的猴子從眞的樹上掉了下來呀。嘩啦的一聲掉了下來喲。你看人家不是常常說過嘛？說是猴子也會從樹上掉下來嗎？就是那個啊。正如諺語說的啊。哎呀！我眞嚇了一跳呢。從前的人眞是偉大啊。說得可眞好啊。說是猴子也會從樹上掉下來喲。這種事情不是那麼簡單能夠說出來的。怎麼說呢？眞的猴子滑了一跤，從樹上掉了下來呀。眞的有這種事情耶。可不能瞧不起諺語喲。從前的人哪，是很偉大噢。他們眞的很懂事噢。於是啊，我想了一下噢。有一句諺語說「猴子也會從樹上掉下來」噢，而且呀就眞的有猴子從樹上掉下來喲，就那樣眞的嘩啦一聲從樹上掉下來喲。那隻猴子啊，是不是在說「喂，你可不能不小心哪，諺語不是說『猴子也會從樹上掉下來』嗎？」可不是在說教嗎？對吧，諺語這東西呀，並不是永遠只是比喻喲。對吧。對眞的從樹上掉下來的猴子，可以這樣說嗎？要是這樣說的話，那猴子豈不是要不高興嗎？那種話能說嗎？我啊，說不出口啊，眞的諺語這東西實在太了不起了。眞的猴子也會掉下來呀。我眞的嚇了一大跳噢。對了，你看過鴿子吃鐵彈丸豆沒有？我有噢，眞的。上一次我目不轉睛地一直看鴿子噢。結果啊，那傢伙眞的吃了鐵彈丸豆耶。不騙你喲。是眞的噢。我眞的嚇了一大跳呢。那個鴿子啊，咕嘟一聲就把那鐵彈丸豆給吃下去了噢。然後啊……。

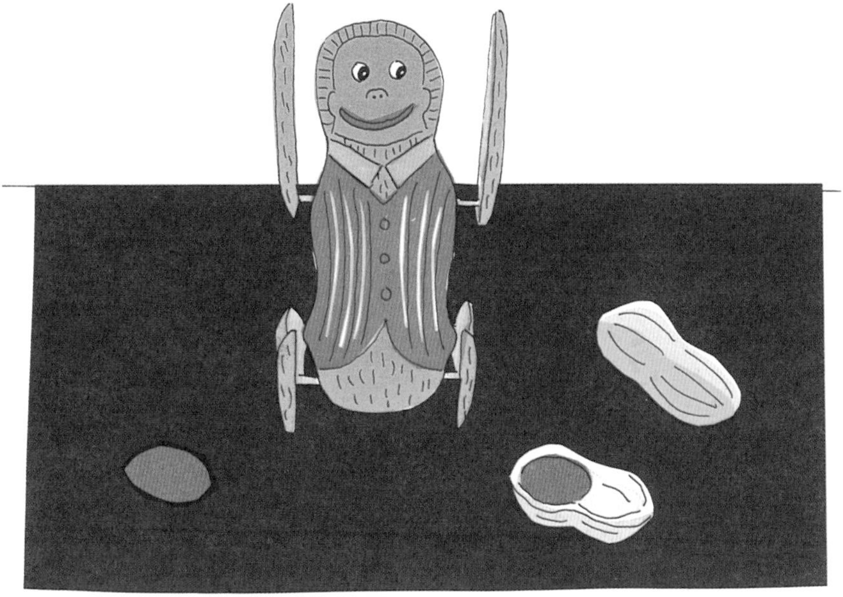

結構主義

拜啓

請不要問我關於六本木這地方的事。關於六本木這地方的事，我眞的沒什麼可以告訴你的。當你有什麼事（這是當然的，如果沒什麼事的話我怎麼會去什麼六本木呢）在地下鐵的六本木車站下車。從那一瞬間起我已經開始混亂了。到底是神谷町的那邊是六本木，還是這邊是六本木呢？我怎麼也想不起來了。不過總算努力沒錯地在六本木下了車。一面戰戰兢兢地懷著討厭的預感——今天大概也不行吧，一定——一面登上階梯走出地面。調整呼吸打起精神環視了四周一圈。那是三菱銀行、那是嗯，阿曼多……不過越想我心中越混亂，簡直像黑暗中柔軟的泥一樣，無聲地咻咻地延伸擴展出去。我在腦子裏好不容易想把地圖組合起來。想辦法變理性一點。但我完全喪失所謂建築物與建築物的相關關係了。哪個是俳優座啊？哪個是防衛廳啊？哪個是WAVE呢……？

請不要誤解，我絕對不是方向白癡。我想我算是對土地感相當好的。不管青山也好、澀谷也好、銀座也好、新宿也好，走在別的地方，我從來沒有迷過一次路。不過請相信我，只有六本木我不行。在六本木街上，我絕對無法到達任何地方。理由在那裏，我自己也不太知道。不過眞的是不行。或許有什麼特殊的磁力，或那一類的東西在強烈地作用著我的神經吧。或者防衛廳使用祕密電子裝置在做什麼奇怪的實驗吧。或者和六本木有關的什麼刺激了我的潛意識裏的什麼，使我前頭葉的什麼混亂了也不一定。除此之外，我想不到還有其他什麼理由，讓六本木這地方令我如此強烈混亂的理由。

因此，總而言之，請不要問我有關六本木這地方的任何事。還有關於結構主義也請不要問我任何事。關於結構主義，我沒有任何事可以告訴你的。

那麼請多保重。

敬上

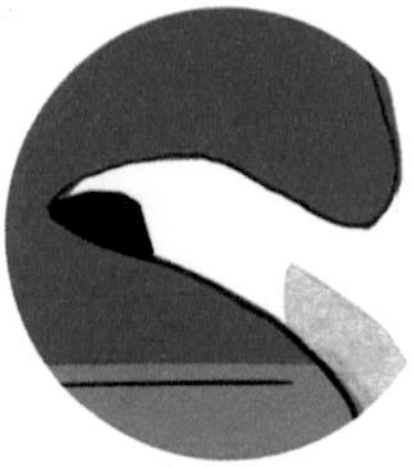

蘿蔔泥

駱駝男就像平常那樣端著餐盤，搖搖晃晃地走下地下室的樓梯。依然是那麼醜陋、骯髒的男人。應該說是，駱駝男似乎一天比一天，變得更不潔、更醜陋了。鼻水叭噠叭噠地流下來，眼角上堆積著大塊的眼屎。往前凸出的暴牙發黃而零落，耳垂被污垢蓋得變了色，留長的頭髮滿是頭皮屑，一走起路來，身邊就紛紛落下白色粉末。說到口臭，那眞不得了。這樣的人端來的食物簡直就不能吃。

我這樣說時，駱駝男就在湯碗裏呸呸地吐完口水，然後嘻皮笑臉地說。「隨便你歡喜啦——你那是肚子餓了死去了，阮嘛不管啦。不過——你反正也是要死的啦。同款嘛。嗚嘿嘿嘿嘿嘿嘿。」

要是平常的話，這種駱駝男一個、兩個，還不是我的敵手。但我的兩臂偏偏被粗鐵鍊緊緊鍊在牆壁上。駱駝男從火爐裏拿起一直架在火上燒的巨大火鉗來，把燒得通紅的尖端舉在空中得意地照著看。

「嗚嘿嘿嘿嘿嘿嘿，等主人轉來之後，可要好好地疼疼你喲。伊會做各種有意思的事噢。阮嘛會幫他噢。可不會簡簡單單地殺掉噢，留下來活生生地花很長時間讓你吃盡苦頭。不過最後還是要死的啦。居然會對人家的太太動手，連神也不怕的畜牲們，全都是受到這樣下場的噢。」

地下室正如駱駝男所說的那樣，眞有各式各樣的拷問道具。有壓碎每一根手指頭用的老虎鉗，有灌水用的漏斗和水管，有冰塊夾、有鍛鐵火鉗，有帶刺的皮鞭，唱片架上有全套的湯姆瓊斯和阿巴的唱片。

「阮也沒對這裏的太太伊動過手啊」我說。然後又再改說一次「阮哪莫對伊太太動手啦」。不知道是什麼地方的方言，但立刻就被駱駝男的口音感染了。

「我只有幫太太倒茶啊，你也知道的嘛。」

駱駝男嘿嘿嘿地笑著，大聲放著屁。「哎喲喂喲，哎喲喂喲，阮知哎哎啦。那時候你的眼睛露出討厭的慾望神色噢。一面幫太太倒茶，腦子裏一面想著口交的事啊。看眼睛就知道了。阮不是傻瓜噢。」

「不是啦，我那時候正在想晚餐要吃的蘿蔔泥呀。」我說。

「你看，你看，阮講的沒錯吧。」駱駝男得意洋洋地這樣說。

「喂，等一下，怎麼說沒錯呢？」我抗議道，但駱駝男卻不理會。「你呀，就在這地下室忍痛到底，花時間慢慢死去吧。嗚嗚嗚嘿嘿嘿嘿嘿。」

我真的只是想著蘿蔔泥呀。

電話錄音

如果有人問我最討厭什麼，我會說沒有比電話錄音更討厭的了。所以當我知道母親在家裝電話錄音時，我特地跑去抱怨。從我住的地方到母親家，搭電車再轉車要花一個鐘頭以上。但我實在氣不過，因此想直接跑路過去對她發怨言。

當我按了在【花小金井藍天大廈】三樓的母親房子的

門鈴時，母親不在，代替的是做成母親模樣的錄音電話來開門。

「這裏是6694之7984的鳥山，我現在不在。請您在聽到嗶一聲之後，留言。」錄音電話說。然後發出一聲嗶嗶的可愛鈴聲。

「開什麼玩笑嘛？媽！我最討厭電話錄音哪。從一開始動機就很強人所難，太一廂情願了嘛。對這樣的東西我絕對才不要一一把留言留下來呢。好怪喲。」我一肚子火地胡亂怒吼道。

不過那越看越像是眞的母親一樣的錄音電話。從年齡大小，到眼尾的細細皺紋爲止都一模一樣。於是，我對剛才自己太過於必要以上的強烈說法感到稍微後悔。

「啊，我並不是對妳個人有什麼意見。」我把音調降下來說。「我啊，只是不太喜歡錄音電話這東西的存在本身而已。所以並沒有打算要傷害妳喲。這些話本來是打算對我母親說的而已。」

做成母親身形的錄音電話文靜地搖搖頭說。「沒關係呀，恭子小姐。這件事妳不必介意。因爲我們反正只是錄音電話而已。不管人家怎麼想，不管人家怎麼說，我們也沒辦法啊。」

「妳這樣說，眞傷腦筋。」我說。我開始覺得自己好像在責怪身爲後母的婆婆似的了。

「怎麼樣，既然遠道特地來了，要不要進來喝個茶？裏面還有人家送的虎屋的羊羹呢。我們兩個人就一起來吃吧。」那個錄音電話這樣說。

「這個好啊。」我說。虎屋的羊羹我是絕對愛吃的。

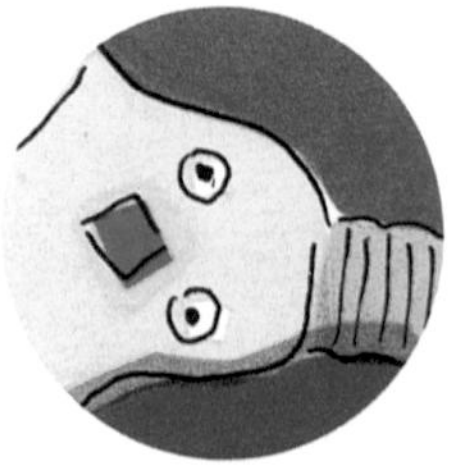

絲襪

請試著想像一下，好嗎？

是一個小房間。在大廈的三樓或四樓，從窗裏可以看見其他的大廈。房間裏沒有人在。這時候一個男人走了進來。年齡大約二十五歲以上，臉色青白。雖然不能說不英俊，不過怎麼說都是張印象淡薄的臉。瘦瘦的，身高大約一七二公分左右吧？

您是否已經想像到這裏了？

他手提著一個黑色塑膠波士頓提箱。把那咚地放在房間正中央的桌子上。裏面好像放有什麼沉重的東西似的。他拉開提箱的拉鍊，取出裏面的內容。首先出現女人的黑色絲襪。不是褲襪，而是從前那種分開兩腳的。總共拿出有一打左右的絲襪。但他似乎對絲襪毫無興趣的樣子。看也不太看，就一直往地下扔掉。黑色高跟鞋也出現了，但這個也咻地一扔。然後出現一個大型的收錄音機。男人望了這個一下，然後也沒什麼興趣似地往地上一擺。男人已經漸漸不耐煩了，這從臉色就可以看出來。然後出現五、六包香煙。是Hi-lite。他打開封口，拿出一根試著抽抽看。噴了兩三次之後搖搖頭用腳踏熄。

這時候突然電話鈴響了。鈴鈴鈴鈴鈴鈴。他小心翼翼地拿起聽筒。「喂喂。」他以平靜的聲音說。對方說了什麼。「不，不是。」男人回答。「完全不對。我沒有養貓，也沒抽煙。奶油酥餅乾已經有十年左右沒吃了。對，福知山線的事與我無關。完全沒有關係。明白了嗎？」然後咔鏘一聲掛斷電話。

從波士頓提箱裏拿出只剩一半的奶油酥餅盒子。然後又拿出絲襪來。他這次把絲襪用力扯出來，照著光線試著檢察看看。然後探索著長褲口袋，從裏面把硬幣零錢一掃而光全部掏出來，往旁邊放著的一個空花瓶裏喳啦喳啦地倒進去。拉扯出來的絲襪也一起往裏面塞。

就在這時候，門上傳出敲門聲。叩叩叩叩。男人把花瓶藏到房間角落，把門悄聲打開。門外站著一個打紅蝴蝶結的矮小禿頭男人。並把捲成一團的報紙猛然往他一戳，以粗硬的聲音說。

那麼，問題就在這裏。

禿・頭・男・人・到・底・說・了・什・麼・呢・？

請在十五秒之內回答。滴噠滴噠滴噠滴噠。

牛奶

你是來這裏買牛奶的吧？怎麼樣，猜中了對嗎？不不你不用回答就行了。什麼都不必說我也知道噢，這一點小事。因爲我已經在這裏賣了二十四年牛奶了啊。我看著你從那邊走著過來時，就已經有數了。啊，這個人正需要牛奶，想要喝牛奶，而特地一步一步地走到這裏來喲。怎麼樣，很行吧？嘿嘿嘿嘿，畢竟二十四年來，一直都在賣著牛奶呀。這種事，只要從老遠瞄一眼對方的臉色，我就知道了。

不過這麼說有點不好意思，我不能賣牛奶給你。嗯，是啊，嘿嘿嘿嘿，牛奶我不能賣喲。不能賣給你。就算你哭著求我也不行，就算你捧著金條來，我也斷然不賣給你喲。爲什麼呢？你大概會這樣想吧。爲什麼他不能賣給自己呢？自己是不是做了什麼壞事了呢？嘿嘿嘿嘿，你會這樣想吧，嗯？不不，你沒有做什麼壞事噢。你什麼也沒做噢。只是啊，只不過是我不想賣給你而已，只是這麼一回事而已。沒什麼道理。是感覺。嘿嘿嘿嘿，明白了麼？

賣了二十四年牛奶之後啊，自然會有這傢伙我就是不想賣的那種典型出現。眞的噢。不是騙你的噢。大概兩、三年才會出現一個，不過這確實有噢。嘿嘿嘿嘿嘿，很奇怪噢，只要一看見那張臉，就會覺得這傢伙我不能賣牛奶給他，不能賣給他噢，就是有這種人哪，真的。嘿嘿嘿嘿嘿嘿。

嗯，嗯，是啊。我不能賣給你喲。斷然不能賣給你。

嘿嘿嘿嘿嘿嘿嘿。

COOKIES
LOVE

好消息

各位晚安。這是十點鐘的新聞報導。今夜我們做了特別企劃，只選擇特別好的消息向您報告。沒有壞消息。請您放心。我們只報告讓您心情舒服、溫暖愉快的好消息。

▲墨西哥的大型油輪「雪拉・瑪德雷號」今天凌晨在千葉外海由於原因不明的突然爆炸而沉沒，到今天晚上為止一百二十名船員中，已經有三十五名奇蹟式地被救出來

了。根據被救的船員們的親口證言，他們對於海上保安廳救援手法的驚人俐落，一致發出感嘆之聲。實在太棒了。所謂既有遺棄之神，也有救援之神，就是這麼回事。

▲上週的星期五在東京都文京區音羽二丁目，大塚警察署逮捕了一個用剪刀剪下正在等候紅綠燈的德島芙枝女士（72歲）的耳朵，然後逃走的中學生。中學生供稱「因爲那耳朵實在太大了，所以我手上拿著的剪刀不知不覺就咔嚓一下剪下去了。我覺得很抱歉。因爲剛剛考完試，很多事情還不太能好好思考。我並沒有惡意。」芙枝女士說「我已經是上了年紀了，少了一個耳朵也還是能夠過得下去的，所以我想對這位未來前途無量的年輕人，就請你們高抬貴手饒了他吧。」所謂溫暖人間沒有鬼，就是這麼回事。

▲明星田代寬介先生（52歲）自殺未遂。今天下午二時左右，在杉並區久我山自宅的自己房間內正在上吊時，被他太太發現送到醫院急救，由於發現得早，幸而挽回一命。根據他太太表示，田代先生在一個月前才剛做過腸癌手術，正爲了龐大的醫療費而辛勞，而且也爲最近沒有什麼好角色可演而煩惱。附近的鄰居們也證言道，自從半年前獨生子因爲交通事故死掉以來，他整個人似乎就完全改變了。根據主治醫師表示，田代先生由於窒息狀態延長太久，頭腦的部分受到損傷，今後即使康復恐怕要說話也很難吧。但無論如何，得救了眞幸運啊。所謂死掉怎麼能開花結果，就是這麼回事。

▲昨天夜晚十一點左右，青山三丁目的壽司屋，一個用過餐的男人臨付帳時，突然火爆地冒出一句「帳算這麼

Coca Cola

便宜，你們把我當傻瓜啊？」於是大鬧起來，用雨傘尖刺傷正要說明的老闆，還用鐵鎚把玻璃櫥櫃到處敲碎，被及時趕來的赤坂警署警員當場逮捕。男人從事不動產業，名叫天野淸吉（48歲），他說道「我吃掉好多很貴的東西，而且身上又帶著這麼多錢，結果帳卻算太便宜了，因此我不知不覺就火大起來了。」負責調查的警察也佩服地說道「哎，這還眞是最近難得聽見的好事，美談一樁啊。」

明天但願也能夠像這樣只爲您報告好消息。那麼，晚安，請早休息。

能率高的竹馬

星期天的中午前，我正在煮蘿蔔乾片時，能率高的竹馬到我這裏來。我一打開門，能率高的竹馬就直挺挺地站在那裏。個子比我高出有一個頭。

「嗯，我想你也知道的，世界上沒有像我這樣能率高的竹馬。」能率高的竹馬向我挑戰性地，以非常快的速度說道。

我吃了一驚，一時還說不出話來。「你所謂能率高的竹馬，具體上是怎麼個能率高法呢？」我好不容易才試著問問。

「哎呀呀，你沒讀過小林秀雄嗎？」能率高的竹馬非常驚訝似地依然以快速口吻說。甚至在水泥地上喀噠喀噠地踏出聲音。「難道你不知道，小林秀雄的文章裏有出現能率高的竹馬嗎？」

很遺憾的是小林秀雄的文章我一行也沒讀過。我從一家小型大學的理工科系畢業，在大田區役所從事土木工程的設計工作。我想我周圍也沒有一個人讀過小林秀雄的書。我這樣坦白說之後，能率高的竹馬似乎生起氣來了似的小聲用鼻子「哼」了一聲。好像一副對沒讀過小林秀雄文章的人多說也無益似的樣子。但他卻並沒有離去。

「那麼，請問你到底有什麼貴事呢？」我誠惶誠恐地試著問能率高的竹馬。說不定是來推銷書或什麼的。我想但願不是就好了。因爲現在正是發薪水日之前，沒有什麼錢。

「嗯，也沒什麼具體的事。」能率高的竹馬以出奇果斷的語氣說。「只是啊，我剛剛叭噠叭噠地走在這走廊下時，忽然很想知道自己在這個世間到底被瞭解到什麼程度而已呀。所謂『能率高的竹馬是什麼樣子』這回事。於是敲了你的門。」

我爲自己的無知而道歉。「不過雖然這麼說，也請不要太失望。因爲我並不代表世間本身哪。」

能率高的竹馬從胸前的口袋掏出煙斗來，在手掌心咚咚地敲了兩、三下，又收回口袋裏。「那麼你知道莫札特的K四二一是大調還是小調嗎？」能率高的竹馬以再給我一次機會似的口氣問我。

我說不知道。因爲不可能知道這種事情嘛。我每天爲了做新的下水道從早到晚忙得要命呢。

能率高的竹馬鐵青著臉指著我說：「你看吧，你就是世間本身哪！」他厲聲叫。然後把門啪噹一聲關上走掉了。雖然我不曉得到底是怎麼回事，但因爲事情好像並沒有再進一步發展，於是我中午便吃了溫熱的白飯和蘿蔔乾片。

動物園

「嘿，公一郎哥。你這個人眞是個怪人。非非非非常的，怪。」

「一點也沒什麼怪呀。要說怪的倒是妳吧。關於自己心中所有的所謂意識這東西，思考讓我成立爲我的東西到底是什麼，我想這是做爲一個人應該有的事啊。那到底是如何在發生機能的呢？還有那到底會把我帶到什麼地方去呢？——妳難道不想這些嗎？」

「哎呀呀呀。」

「什麼意思？妳說哎呀呀呀的？」

「只是吃了一驚而已呀，呼呼呼呼。」

「嘿，須賀子小姐，妳不能因爲這個而取笑人哪。人嘛，有時候必須認眞思考事情噢。像妳這樣每次每次都瞧不起別人，老是玩世不恭地胡鬧著過日子，總有一天一定會吃到苦頭噢。」

「你看你看，是大牛耶。噻噢噢噢噢。」

「不要這樣。別把手鐲掛在鼻子上。嘿，拜託妳好不好，不要在別人面前這樣做。也不要把胸罩轉到背後變成駱駝一樣。你看人家都在看這邊呢。」

「哼，眞無聊，公一郎哥眞沒幽默感，星期天幹嘛到動物園來約會，還談什麼雅斯培啦容格啦的話題呢。聊一點比較有趣的話題吧。讓我們開心一下嘛。」

「不過須賀子小姐，所謂星期天的動物園哪，在生命和意識這東西方面，可以給我們非常多的啓示噢。支持我們意識的最重要要素是記憶。所謂我們的意識這東西是被那些記憶的收藏樣式和選取能力所規定、區分的。也就是說……」

「嘿公一郎哥，你看，比目魚！」

「別這樣了。不可以這樣趴在地上啊。好髒噢。快起來，好好站起來呀。妳看那邊小孩子在笑呢。妳已經二十六歲了噢。能不能像個大人一點哪。」

「嘿，公一郎哥。」

「什麼事？」

「我們要不要來玩角色交換？」

「好啊。」我說。於是用四隻腳繞著圈子團團跑。「嘶

嘶、嘶嘶，我是小馬三太喲！有沒有人要跟我一起跑啊？」

「不要這樣啦，公一郎哥。別耍寶啦。」須賀子說。

印度屋叔叔

大概每兩個月一次，印度屋叔叔就會到我家裏來。「印度屋叔叔大概快來了吧。」母親這樣一說，簡直就像被他聽見了似的，兩、三天後，印度屋叔叔一定就會好好地出現在我們家大門口。所以我每次都說「媽，妳最好不要想到印度屋叔叔比較好噢。因爲媽一想到他，印度屋叔叔就會來。」那時候，母親也會反省說「是啊，大概是媽不好，我不該想起來的。」但這種事情她一下就忘了。不知不覺之間嘴裏又說起「印度屋叔叔差不多……」。於是印度屋叔叔就眞的到我們家大門口來了。

印度屋叔叔是一位曬得黑黑聲音很大的叔叔。經常肩上都揹著沉重的行李。年齡和父親差不多，不過看起來比父親要健康的樣子。眼睛像大瓢蟲一般骨碌碌地轉著。「這也都是因爲印度的關係喲。」叔叔得意地對我說。「阿寶啊，如果你也多用一點印度的話，就會像叔叔一樣長成強壯成熟的大人，過著擁有堅強理念的人生噢。」

叔叔說的話太難了，我聽不太懂，不過跟印度屋叔叔說話時，每次都像被他罵一樣，我會變得很不安。有時候印度屋叔叔也會罵媽媽。我覺得他好厲害。因爲，連爸爸都不太能罵媽媽的。

「太太，這樣很傷腦筋哪。最近好像很少用印度嘛。

從上次我來拜訪的時候到現在，幾乎都沒有減少啊。」印度屋叔叔檢查著橱櫃，一面嘆氣一面對媽媽說。「這種東西呀，就像我每次說的那樣，要儘量多用，讓它盡可能滲透到身體裏面去，否則效果就出不來喲。妳看看你們家阿寶啊。最近眼睛都失去光輝了不是嗎？眼球濁濁的，沒什麼神不是嗎？這樣子不行啦。看眼睛就知道了。一看眼睛差別就一目瞭然。印度用得太少了，印度還不夠噢。妳不覺得妳的孩子很可愛嗎？很可愛吧！那妳一定要確實地讓他用更多印度啊。」

「說的也是，不過，印度屋叔叔。」媽媽急忙解釋著。「最近那位巴里屋叔叔也來了，因爲也要顧及附近鄰居的眼光，不能不給對方面子，我們家也並不是那麼寬裕呀，我們也非常知道印度很好啊……」

「巴里屋叔叔！」印度屋叔叔像被瞧不起了似的更加

大聲地說。「妳說什麼巴里屋叔叔啊，太太，那只是表面好看而已，只是宣傳哪。如果眞的要好，說什麼還是印度最好。首先東西就不一樣啊，東西。」

就這樣，媽媽終於只好又買了一點點印度。我看著這種情形，覺得印度屋叔叔果然還是眞厲害。

天花板裏

妻說出我們家的天花板裏住有小矮人，是新年元旦的事。「嘿，你一定要把天花板打開來檢查看看才行。」妻說。我那時正一面看著電視一面很舒服地喝著啤酒。突然提出這種事也很傷腦筋。

「妳說小矮人，到底是什麼樣的小矮人？」我以很不高興的聲音對妻說。「到底叫什麼名字？」

「叫做小直美。」妻說。

「那是男的還是女的？」我問。

「這我怎麼知道。」妻搖搖頭說。「我只知道名字而已。」

沒辦法我只好拿著手電筒上去探望一下天花板裏。天花板裏可以從壁櫥的上段上去。我把板子掀開一片，用手電筒的燈光照著天花板裏一圈看看。但是並沒有什麼小矮人。

「哪裏會有這種東西嘛。」我朝著妻怒吼。

「不對，小直美眞的在那裏呀。只是你沒看見而已。我很淸楚。」

「妳大概太累了。還是快吃荷爾蒙劑好好睡一覺吧。明天早上就會把什麼小矮人這玩意兒給忘掉了。」

但妻並沒有那麼簡單地忘記。她老是固執地一直不停地嘀咕著天花板裏小直美的事。「小直美在天花板裏，每次都從上面一直觀察著我們。小直美對我們兩個人的事什麼都知道。」妻說。

被她這麼一說，我也逐漸感覺害怕起來。我再一次拿著手電筒試著去探看天花板裏面。這次總算認出小直美的模樣來了。小直美身高只有12公分左右，臉形長得跟妻一模一樣，身體則像小狗一樣。尾巴短短的有斑點的狗。小直美坐在那裏，眼睛一直盯著我瞧。我看了顫慄一下，但總不能畏縮啊。

「喂，你在那裏做什麼？這是我們家的屋頂下噢。你隨隨便便跑進這裏來我們可傷腦筋哪。出去、走開、笨蛋！」

小直美一直盯著我看，但什麼也沒說。那眼睛像小冰塊似的冷冰冰硬梆梆的。

我把板子放回原位，從壁櫥裏出來。喉嚨非常渴。好想喝啤酒。但那已經不是我家了。那裏既沒有電視、也沒有冰箱、也沒有妻的影子、也沒有新年了。

毛急毛急

星期一我才剛剛對莫喜莫喜好一點，星期三毛急毛急就到我這裏來。「先生，我聽說前天您對莫喜莫喜非常好啊。」毛急毛急說。

「那並沒有什麼了不起啊。以日本人來說，我只是做了理所當然的事而已。」我說。我算是比較謙虛的人。

「不，您何必這麼客氣呢？對我毛急毛急又不是外人您就不必謙虛了。」毛急毛急把手在眼前像扇扇子般啪噠啪噠猛搖著說。「還有啊，我這樣子做，說不定您會不高興也不一定，不過嗯，這只是一點點小意思而已喲，還務必請您笑納好嗎？」

於是毛急毛急遞給我一個紙袋子。我探頭一看，裏面放的居然是喀啦喀啦。

「哎呀，你幹什麼，我怎麼可以收你這種東西呢？這不是喀啦喀啦嗎？」我連忙說。

「怎麼呢？您討厭喀啦喀啦嗎？」毛急毛急說。

「不，當然不能說討厭啦……」

「那麼，這不就得了嗎？先生。如果您說覺得收下來會有反感的話，那麼我就先暫時放在這裏，沒關係就這樣好了，隨便看您喜歡怎麼用都可以呀。」

我雖然相當反感，不過毛急毛急終究還是把裝了喀啦喀啦的紙袋子放在大門口就回去了。我苦於沒地方放，就把那紙袋子藏進壁櫥深處。那種東西總不能放在大門口。被太太看見也難免會誤會的。就算我說那是毛急毛急送的禮，那種話到底有誰會相信呢？早知道莫喜莫喜的事情裝做不知道別去理他就好了。太不自量力居然動了慈悲心腸才會落到這個地步。

我虛弱極了，只好打個電話給莫喜莫喜。「那個，剛才毛急毛急到我家裏來，把喀啦喀啦放在我家噢。說是答謝的禮。眞傷腦筋哪，你看。」

「沒關係呀，先生，那個您不必放在心上啊。」莫喜莫喜說。「毛急毛急只不過是爲了稅務署的對策才這樣做的，反正他總要送給什麼人的。您就收下來嘛。那個相當不錯啊。太太那邊我會跟她好好說明，您就說好吧，把它收下來就行了嘛。」

就這樣子，我現在每天都充份享受著喀啦喀啦。用起來，倒是比想像中好多了。我可能變成放不了手了。

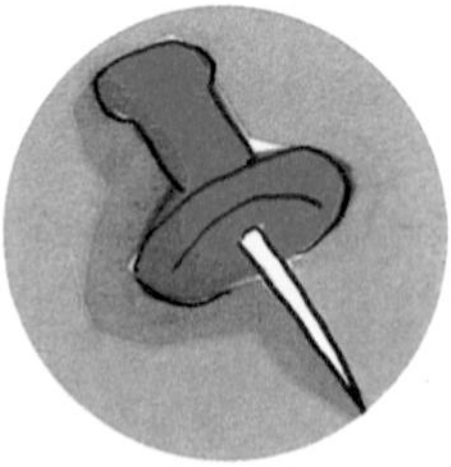

正要下豪雨時

這不是小說，是眞的有過的事。

那時候我住在國分寺，有一天我搭電車到武藏小金井車站前的聖傑曼買麵包。如果要說明爲什麼會住在什麼國分寺，又爲什麼非要特地搭電車跑到武藏小金井（其實說起來也只有一站而已）去買麵包不可的話，話會變成非常長，因此我不說。例如現在，我在波士頓家裏自己的房間，穿著Banana Republic的T恤襯衫，用大馬克杯喝著咖啡，一面聽著上次在Tower唱片行買來的《Bob Dylan最偉大暢銷曲Vol. 2》，一面寫著這原稿，如果要把爲什麼會在那樣的場所和狀況下，我恰巧因爲什麼樣的原因，就像被莫名其妙迷亂的風飄走一樣地飄到這裏的由來，話說從頭一一道來的話，可以寫出一本不薄的書。不是我說謊，眞的可以寫。關於Banana Republic的T恤襯衫一章、關於Bob Dylan又一章……就這樣。雖然我實在不認爲那樣的書會有人想看。

因此我不打算特別說明。本來就是很短的稿子。所以我從國分寺一個人搭上電車，到武藏小金井去買麵包的樣子，只請你用想像的。我那時才二十幾歲，頭髮比現在要長。穿著在澀谷一家叫Backdrop的店裏——不知道現在還有嗎——買的拉風的選手防寒夾克（現在還在）。還沒開始寫什麼小說。結了婚，養著三隻貓。對議會制民主主義懷著不信任感，一次也沒投過票。倒看過三次《Wood-stock》。中央線的電車是磚瓦色（眞的是嗎?），季節是秋天。假設就算抱著巨額貸款，巨人隊也已經贏定了，秋天還是美麗的。

然而當我正要從武藏小金井車站的收票口出去時，才忽然發現自己的電車票遺失了。不管怎麼找，就是找不到那張車票。簡直就像時間扭曲了一樣。「只有一站怎麼會掉了車票呢?」或許你會很驚訝。或許不驚訝也不一定。（我還經常掉車票）。不過總之武藏小金井車站的站員完全不相信我是從國分寺來的。「嘿，客人，所有車票掉了的人，大家都只申告一站哪，眞煩人。」那個站員好像人家昨天晚餐只給他一盤切成細絲的報紙似的，以極厭煩的臉色對我說。而我其實眞的是從國分寺搭電車來買麵包的啊。

從此以後的將近二十年之間，我碰到過許多不如意的事。也有過難過得睡不著覺的事。但大多的事都已經忘記了。而且以後大概也會繼續遺忘吧。不管怎麼說，比起那舒服的秋天早晨，在武藏小金井車站，遺失車票的區間不被相信的事來，嗯。

說謊的尼可兒

說謊的尼可兒住在神宮前二丁目，偶爾會來我這裏玩。這名字是誰取的我不知道，不過附近的人都稱她爲說謊的尼可兒。雖說是尼可兒，但她從頭到腳是純粹的日本人。爲什麼會取這樣的名字呢？那方面的經過我也不知道。不管怎麼說，說謊的尼可兒正如名字一樣很擅長說謊。即使明知道這一定是謊話，也會不知不覺地被騙。我覺得眞是不得了的才能。這種事情不是那麼容易辦到的。

上個月她也到我這裏來，說要只告訴我一個人一件非常重要的祕密。於是一本正經地說出「其實我生下來就有三個乳房。」我想這肯定是謊話。因爲對方是說謊的尼可兒啊。我也不是那麼傻的。

「哦，這可不簡單哪。」我若無其事地當耳邊風聽。

「我沒騙你喲。」說謊的尼可兒一面吸吸嘶嘶地哭泣著一面說。「眞的不是說謊。我有三個乳房噢，平常的人只有兩個啊。」

「就我所知是這樣。」我說。然後眼睛瞄一下她的胸部。從白襯衫上所看見的，似乎那裏只能看見兩個乳房。

「第三個很小。」說謊的尼可兒說明道。「那個，只在正中央一帶長了一點而已。還眞的附著有小乳頭噢。沒騙你。雖然很害羞，不過只有對先生您我可以想開讓您看。

所以請您給我一萬圓。」

我用鼻子想也知道那一定是謊話，不過我一方面對這大膽謊言接下來到底會怎麼展開下去很感興趣，一方面覺得一萬圓也還好。因爲前兩天才剛剛進來一筆稿費。

「好啊，如果妳眞的要讓我看的話，我就給妳一萬圓吧。」

「因爲我會害羞，所以請關燈好嗎？」她說著臉一下子飛紅起來。

我把玄關的燈關掉。因爲已經黃昏了，因此有些暗了，不過乳房是兩個或三個應該可以看清楚。說謊的尼可兒慢慢地把襯衫的扣子解開，一下張開又合起。確實奶罩的罩杯之間看得見隆起一點點。但那看來也好像只是貼上紙粘土似的東西而已的樣子。

「我沒看清楚，必須再慢慢看一次才行。那樣實在不

值一萬圓哪。」我抱怨道。

說謊的尼可兒突然在玄關大聲地哭出來。「啊啊，我眞不應該相信小說家的。我眞傻。我把自己最羞恥的東西暴露在別人眼前了，結果約好的一萬圓卻不給人家。你說謊話、說謊話、好色鬼、卑鄙漢。」

那時候正好不巧黑貓大和送快遞的人拿著郵件進來，因此我不得不給她一萬圓。為了這種事情讓她在大門口大聲嚷嚷的話，實在受不了。不過那一定是紙黏土吧，絕對是。

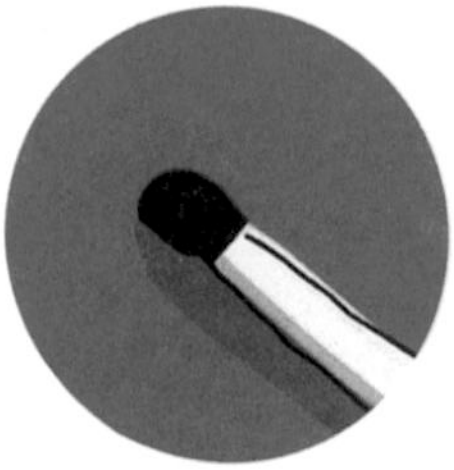

鮮紅的芥子

我想差不多該爲母親捶背了，走出陽光燦爛的簷廊一看時，卻沒見到母親的影子，只有鮮紅的芥子在庭院裏笑著而已。一個座墊，好像被遺棄了似的，孤伶伶地被留在那裏。

「哈哈哈哈哈哈」芥子提高聲音地笑著。簡直就像把那個「哈」字一列排開來，然後逐字一一順序唸出來似的那種笑法。

我試著在那附近找了一圈，但還是到處都沒看見母親的影子。

「媽。」我大聲地試著叫叫看。但沒有回答。芥子在那之間也一直以同樣的調子繼續笑著。

「哈哈哈哈哈哈哈哈哈。」

「我母親在那裏？」我站在簷廊，對著正在笑著的鮮紅的芥子厲聲問道。

但鮮紅的芥子並沒有回答那問題。只是「哈哈哈哈哈哈哈哈」繼續笑著而已。

「喂，你應該知道母親在那裏呀。母親剛才還在簷廊等我來捶背的，而且她腳不好所以應該走不了多遠的。因爲你一直在這裏，所以應該看見母親去那裏了吧。別傻笑了，趕快告訴我，我也很忙啊。」

「哈哈哈哈。」芥子以更大的聲音笑著。「哈哈哈哈哈哈哈哈。」

「你該不會把母親給吃掉了吧?」我擔心起來試著問道。

「哈哈哈哈、哈哈哈、哈哈哈哈哈。」聽了之後,芥子更是激烈地笑歪了。到底有什麼那麼好笑的,我眞是搞不清楚。但聽著芥子的笑聲之間,我也漸漸覺得奇怪起來。不知不覺之間臉頰開始鬆動,笑容逐漸浮上來。

「你眞的把母親給吃掉了嗎?」我一面強忍著笑一面問,然後忍不住爆笑出來。「哈哈哈哈」我也像在唸著「哈」字似地笑了。我一笑,芥子就笑得更厲害。芥子名副其實地捧著肚子笑,還在那邊滿地打滾。芥子呼呼地喘著氣,連額頭上都冒著汗。但還是沒辦法停止笑。終於芥子笑過了頭開始痙攣起來,滿地蹦蹦跳著。然後就在肚子扭了一

下之後，竟然從那嘴巴裏砰一下吐出母親來。

「哎呀呀，眞要命。」我說著搖搖頭。我母親從以前開始就一直非常擅長搔人家癢的。

半夜的汽笛，或故事的效用

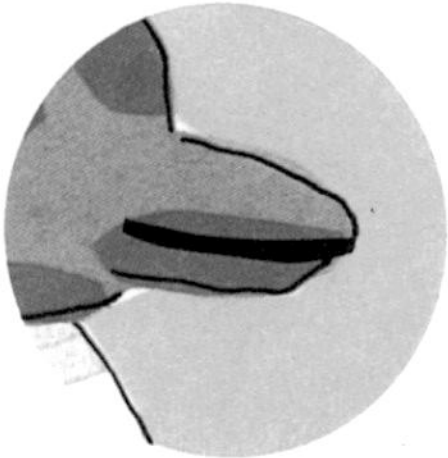

女孩子問男孩子。「你有多喜歡我？」

少年想了一下，以平靜的口氣回答「像半夜的汽笛那麼多」。

少女沉默地等話繼續下去。一定還有什麼要說的。「有時候，我會半夜醒過來。」他開始說。「不知道正確的時刻。大概兩點或三點吧，我想大概是這樣。不過幾點並不太重要。總之那是半夜裏，我完全孤伶伶的一個人，周圍沒有任何人。好嗎？我希望妳試著想像一下。周遭是黑漆漆的，什麼也看不見。聽不見任何聲音。連時鐘的針刻著時間的聲音也聽不見——時鐘大概停掉了吧。然後我突然感覺到，自己被我所知道的任何人，自己所知道的任何地方都難以相信地遠遠隔離了、拉開了。我知道自己在這廣大的世界上，不被任何人愛，沒有任何人理睬，已經變成一個誰也想不起來的存在了。就算我從此消失了，恐怕也不會有人發現吧。那簡直就像被關在一個厚鐵箱子裏面，被沉到深海底下似的感覺喲。因爲氣壓的關係心臟開始疼，好像就快要撕裂成兩半了似的——那種感覺妳瞭解嗎？」

少女點點頭。我想大概瞭解吧。

少年繼續說。「那可能是人類在活著的時候，所經驗到的最難過的事情之一吧。眞的是悲傷難過得想要就那樣死掉的難過心情。不，不對，不是想要死掉，而是如果不去理它的話，箱子裏的空氣應該就會逐漸變稀薄，而實際上眞的就會死掉。那不是什麼比喩。而是眞的事噢。那是半夜裏，獨自一個人醒過來的意思。這妳也瞭解嗎？」

少女再度沉默地點頭。少年稍微停頓一下。

「不過那時候，我聽見從很遠的地方傳來汽笛聲。那眞的是很遙遠很遙遠的汽笛喲。到底什麼地方有鐵路的線路呢？我不知道。就是有那麼遙遠。幾乎是又像聽得見又像聽不見的聲音。不過我知道那是火車的汽笛聲。不會錯。我在黑暗中一直側耳傾聽。於是，那汽笛聲又再一次傳進我耳裏。然後我的心臟停止疼痛了。時鐘的針開始移動。鐵箱子朝海面慢慢浮上來。那都是因爲那小小的汽笛聲的關係喲。都是因爲那好像聽得見，又像聽不見的微小

汽笛聲的關係。而我愛妳就像那汽笛一樣。」

少年的故事到這裏結束。這次換成少女開始講自己的故事了。

從早吃拉麵之歌
（配《天使的鐵鎚》旋律）

美味的榨菜
烤豬肉早餐
從早吃拉麵，真開心
熱氣騰騰
葱花翠綠
只要有這個，啊，Brothers and Sisters
已經，太滿足

熱呼呼地吃吧
筍乾早餐
從早吃拉麵，眞愉快
妳和我兩個人
紅著臉蛋
只要有這個，啊，Brothers And Sisters
已經，太滿足

不吃白不吃
拉麵 in the morning
今天也一整天開心
海苔也吃了
湯也喝了
只要吃這個，啊，Brothers and Sisters
已經，太滿足

後記 之一

村上春樹

收編在這本書上的短短篇（這種說法雖然有點奇怪，不過因爲想不到其他適當的稱呼），其實說眞的這些是曾經在雜誌的系列廣告上用過的東西。第一部分的作品，是爲了 J. PRESS 的西裝，第二部分的作品，是爲了 PARKER 鋼筆寫的。話雖然這麼說，那麼內容是不是跟西裝或鋼筆有關呢？這倒是完全沒有，只要我隨便寫一點類似短的故事，並由安西水丸兄配合那個畫插畫，在那旁邊則交代似地登上產品廣告，只有這樣而已。J. PRESS 的系列登在 *MEN'S CLUB* 等，PARKER 鋼筆系列則登在《太陽》雜誌上。以廣告來說，到底達到什麼樣的現實性效果，我完全不知道，因爲會出冷汗，所以坦白說我也不太願意去想。

這系列性廣告的原始發想者、委託者是絲井重里，他說「嘿，你隨便寫一點短文嘛。只要你寫得高興，什麼都可以。」因此，我幾年之間每個月寫一篇這種東西。因爲這工作相當快樂，因此過了幾年之後，水丸兄和我之間便決定「再來搞一次那樣的吧」，這次 PARKER 鋼筆變成業主。因此關於 PARKER 鋼筆的系列，就沿襲絲井重里兄的創意照樣用在別的媒體上。

「每個月每個月要繼續寫這種短文，會不會相當辛苦？」或許有讀者會這樣想也不一定（雖然實際上沒有一個人這樣對我說），坦白說並沒有那麼辛苦。因爲這些系列正連載的時候，我正好一直在集中精神寫長篇小說，因此在那空檔時間快速地作出這種短東西，反而讓頭腦放鬆，對氣氛轉換很有好處。而且坦白說，我最喜歡寫這種不能說是很有用處的——而且往往幾乎沒有意義的——短文。不過雖然這麼說，我確實也絞盡了自己各種前所未有的腦汁。並不是只躺在梨樹下等待果實自己從樹上掉下來。嗯，大概不是。

實際上爲廣告而寫的作品數還更多，不過在收錄成書時，爲了調整全體的調子，而把其中的八篇除外，另外重新創作了兩篇。

跟安西水丸兄一起工作，總是像往常一樣既愉快又輕鬆。以英文來說，nice and easy 的表現最貼切。雖然我經常和水丸兄搭檔工作，然而我每次總覺得他的畫，好像有什麼幫助和鼓勵旁邊的文章的東西似的。由於書本尺寸的關係，水丸兄把第一部分的畫，為本書全部重新畫過。

關於最後的〈從早唱拉麵之歌〉，我想如果〈天使的鐵鎚〉要配日文歌詞的話，什麼樣的詞才好，想來想去（為什麼會開始想這麼悠哉的事呢，我現在也記不起來了）If I had a hammer 的「鎚」韻要和的話，還是只有「榨菜」吧，是因為要達到相當消耗性的結論而產生的東西。其實說真的我很討厭拉麵這種食物，連經過麵店門口都覺得難過，但不知道為什麼，竟然像宿命一般滑溜溜地被拉進去而作出這篇拉麵之歌來。如果你中意的話，請自由地配上旋律唱唱看。

〈鮮紅的芥子〉是從童謠「媽媽！我幫妳捶背……鮮紅的芥子在笑著……」歌詞一節想到而寫出來的。小時候一直對芥子到底長成什麼樣子，怎麼個笑法，覺得很不可思議。常年累積的疑問，像終於解開難解的圈套一般，應該會非常高興吧……雖然還不至於這樣。

收編在這本書中的短文，完全沒有模特兒存在。例如〈炸薯餅〉裏出現的出版社K社並不是講談社。〈說謊的尼可兒〉和成衣廠商〈尼可而〉沒有關係。上智大學並沒有甜甜圈研究會——至少就我所知是沒有。〈蟲窪老人的襲擊〉和神奈川縣大磯的老人安養院「蟲窪・老人之家」沒有任何牽連。

最後，要感謝爽快答應把他的創意讓我們再度使用的絲井重里先生。如果沒有他的創意的話，這一連串的作品大概就不會產生了。因爲要是我自己的話，是不太可能一口氣寫出30篇或40篇這樣的故事的。在連載的時候（當時）絲井事務所的石井基博君也幫了很多忙。

其次一手承擔第二部雜誌連載的負責人、和本書的編輯、爲我東奔西走的O小姐也就是拜收小姐——或許有人不相信，不過和這本書上出現的同名人物完全沒關係——也特此感謝。

一九九五年四月一日

後記　之二

安西水丸

和村上春樹兄開始做J.PRESS的廣告連載已經是很久以前的事了。工作場所也不是現在的南青山四丁目，而是五丁目。雖然是很久以前寫的，但從五丁目搬到四丁目大約是四年前，因此我們倆是那麼久以前就開始做了。

從五丁目的工作場所，可以看見窗外開滿櫻花的鄰家庭園，春天可以一面工作一面賞花。一面賞櫻花一面畫J.PRESS的插畫很愉快。因爲村上兄是個在截稿期之前一定會把稿子確實寫好的人，因此這也很有幫助。我可以在充裕的時間裏畫插畫。雖然我的插畫要說不花時間也確實不花時間，但怎麼說呢，如果感覺之類的東西不合的話，就是一根火柴棒的畫，畫一〇〇〇張也不滿意。當然，也不能說因爲畫通宵就能畫出滿意的作品。

這次，爲了出單行本，J.PRESS的畫全部重新畫過，是因爲廣告時的插畫尺寸，是像可以放進筷子紙袋一樣，橫向細長的。那種形式很難放進單行本裏。

這本書的外套封面（牛皮紙製盒套。註：台灣版無盒套，該圖置封底）的女孩，其實也曾經出現在以前和村上兄出的《象工場的快樂結局》的封底裏。一方面因爲她在各地方都非常受歡迎，一方面也因爲本書藝術指導藤本YASUSHI先生的希望，而讓她再度登場。這次則決定請她帶上耳環。

不管怎麼說，每次村上兄的超級短篇小說都令我熱切期待。總之就像正要打開不知道有什麼會跳出來的驚奇盒似的，每次都提心吊膽。從提心吊膽，會心一笑，再轉爲不可思議的心情，然後按下腦子裏的映象按扭，開始著手作畫。

在那期間，村上兄雖然人在波士頓，但總覺得好像在作書信往來似的。雖然如此每個月原稿還都確實寄到了。

這本書，得到很多人的幫助。在此非常感謝。

一九九五年四月十日

藍小說909

夜之蜘蛛猴

作者—村上春樹
繪者—安西水丸
譯者—賴明珠
主編—鄭麗娥
編輯—黃嬿羽
校對—徐錦成、賴明珠

董事長—趙政岷
出版者—時報文化出版企業股份有限公司
108019台北市和平西路三段二四〇號三樓
發行專線—（〇二）二三〇六—六八四二
讀者服務專線—〇八〇〇—二三一—七〇五
（〇二）二三〇四—七一〇三
讀者服務傳真—（〇二）二三〇四—六八五八
郵撥—一九三四四七二四時報文化出版公司
信箱—10899臺北華江橋郵局第九九信箱

時報悅讀網—http://www.readingtimes.com.tw
電子郵件信箱—liter@readingtimes.com.tw
法律顧問—理律法律事務所　陳長文律師、李念祖律師
印刷—華展印刷有限公司
初版一刷—一九九六年五月二十一日
初版十六刷—二〇二三年十一月二十八日
定價—新台幣二〇〇元
（缺頁或破損的書，請寄回更換）

時報文化出版公司成立於一九七五年，
並於一九九九年股票上櫃公開發行，於二〇〇八年脫離中時集團非屬旺中，
以「尊重智慧與創意的文化事業」為信念。

夜之蜘蛛猴 / 村上春樹著 ; 安西水丸圖 ; 賴明珠譯 . -- 初版 . -- 臺北市 : 時報文化 , 1996[民 85]
面 ;　　公分 . -- (藍小說 ; 909)　(村上春樹作品集)

ISBN 957-13-2033-1(平裝)
ISBN 978-957-13-2033-5(平裝)

861.57　　85003943

YORU NO KUMO-ZARU
by Haruki Murakami

Originally published in Japan by Heibonsha, Tokyo.
Chinese (in complex character only) translation rights arranged with
Haruki Murakami, Japan
through THE SAKAI AGENCY and BARDON-CHINESE MEDIA AGENCY.

ISBN 957-13-2033-1
ISBN 978-957-13-2033-5
Printed in Taiwan

編號：AI 909	書名：夜之蜘蛛猴
姓名：	性別：＿＿＿ 1.男　2.女
出生日期：　年　月　日	身份證字號：

＿＿＿ 學歷：1.小學　2.國 中　3.高中　4.大專　5.研究所（含以上）

＿＿＿ 職業：1.學生　2.公務（含軍警）　3.家管　4.服務　5.金融
6.製造　7.資訊　8.大眾傳播　9.自由業　10.農漁牧
11.退休　12.其他

地址：＿＿＿縣（市）＿＿＿鄉鎮區＿＿＿村＿＿＿里
＿＿＿鄰＿＿＿路（街）＿＿＿段＿＿＿巷＿＿＿弄＿＿＿號＿＿＿樓
郵遞區號＿＿＿＿＿

（下列資料請以數字填在每題前之空格處）

＿＿＿ **您從哪裡得知本書／**
1.書店　2.報紙廣告　3.報紙專欄　4.雜誌廣告　5.親友介紹
6.DM廣告傳單　7.其他＿＿＿

＿＿＿ **您希望我們為您出版哪一類的作品／**
1.長篇小說　2.中、短篇小說　3.詩　4.戲劇　5.其他＿＿＿

您對本書的意見／
＿＿＿ 內　　容／1.滿意　2.尚可　3.應改進
＿＿＿ 編　　輯／1.滿意　2.尚可　3.應改進
＿＿＿ 封面設計／1.滿意　2.尚可　3.應改進
＿＿＿ 校　　對／1.滿意　2.尚可　3.應改進
＿＿＿ 翻　　譯／1.滿意　2.尚可　3.應改進
＿＿＿ 定　　價／1.偏低　2.適中　3.偏高

您的建議／

寄回本卡，掌握藍小說系列的最新訊息

揮發感性筆觸：捕捉流行語調—湛藍的、海藍的、灰藍的……

藍小說

無限馳騁藍色想像空間——無國界的小說新地帶。

請寄回這張服務卡（免貼郵票），您可以——

●隨時收到最新消息。

●參加專為您設計的各項回饋優惠活動。

地址：10803台北市和平西路三段240號3樓
讀者服務專線：0800-231-705・(02)2304-7103
讀者服務傳真：(02)2304-6858
郵撥：19344724 時報文化出版公司

廣告回信
台北郵局登記證
台北廣字第2218號

請沿虛線摺下裝訂，謝謝！